Nie wieder sauer!

Die vitale Säure-Basen-Küche

Natürliche Balance

zwischen Säure und Base

Von Säure, Base & pH

Sind Sie manchmal echt sauer? Oder fühlen sich völlig ausgelaugt? Tatsächlich kommt's auf das Verhältnis von Säure und Lauge – sprich Base – in Ihrem Körper an. Säure enthält immer freie, positiv geladene Wasserstoffteilchen H^+. In einer Base überwiegen negativ geladene Teilchen, die aus einem Wasserstoff- und einem Sauerstoffatom: OH^- bestehen. Das Maß für den Grad von sauer und basisch ist der pH-Wert. Beträgt der Wert 7, sind die positiv und negativ geladenen Teilchen im Gleichgewicht, also neutral. Von 7 bis 14 reicht der zunehmend basische Bereich, von 7 bis 0 der ansteigend saure Bereich.

Der Körper: von sauer bis basisch

In Ihrem Körper herrschen unterschiedliche ph-Werte, je nach Organ. Denn bestimmte Reaktionen laufen nur bei einem bestimmten pH-Wert ab. Im Magen, wo Salzsäure gebildet wird, ist er sehr sauer. Die Galle und Bauchspeicheldrüse bilden ebenfalls Säuren. Nur im Speichel und Zwölffingerdarm werden auch basische Verdauungssäfte gebildet. Im Bindegewebe kann der pH-Wert sehr unterschiedlich sein. Nur im Blut muß er stabil etwa 7,4 betragen, also leicht basisch sein, sonst würde Ihr Stoffwechsel zusammenbrechen. Ein Puffersystem sorgt dafür, daß das so bleibt – egal, wie Ihre Versorgung ist. Wie schafft der Körper das? Indem er durch die Lunge, die Nieren, die Verdauungsorgane und die Haut ständig Säuren ausscheidet.

Wenn die Balance fehlt

Im gesunden Körper stehen basisch und sauer im richtigen Gleichgewicht. Doch Stress, ungesundes Essen, Hektik und Überlastung können diese Balance so weit stören, daß Sie sich unwohl fühlen. Der heutige Lebensstil verstärkt eher die Säurebildung in Ihrem Körper: Fast food, viel eiweißreiche Lebensmittel wie Fleisch, Käse oder Fisch, Süßigkeiten, Alkohol, Kaffee und Rauchen sind starke Säurebildner. Täglich hetzen Sie sich ab, atmen zu flach, trinken zu wenig, schwitzen zu wenig und essen zu wenig basenbildende Lebensmittel.

Bin ich übersäuert?

Weil Ihr Körper tolle Puffermöglichkeiten hat, werden Sie kaum richtig sauer. Gäbe es die Puffersysteme nicht, wären Sie nämlich reif für die Klinik. Doch kann eine unterschwellige Übersäuerung chronisch werden und langfristig belasten. Zu viele Säuren können sich im Bindegewebe anreichern, wo sie nur schwer nachzuweisen sind. Trotzdem machen sie sich bemerkbar: Die Durchblutung verschlechtert sich, das Bindegewebe wird schlaff. Den besten Hinweis auf eine Übersäuerung gibt Ihnen das eigene Körpergefühl: Häufiges Sodbrennen, Gastritis, Erschöpfung, Rückenschmerzen, schlecht durchblutete, teigige Haut, brüchige Haare und Fingernägel sind typische Anzeichen.

Selber messen: So wird's gemacht

Der pH-Wert im Urin verändert sich im Tagesablauf, ist abhängig von der Nachtruhe und den Mahlzeiten: Er sollte sich im Bereich zwischen 5 und 8 bewegen. Dabei ist der Urin in der Regel morgens und gegen Abend eher sauer, mittags und nachmittags basisch. Um einen Überblick über Ihre innere »Chemie« zu bekommen, sollten Sie vor und nach jeder Mahlzeit und vor dem Schlafengehen einmal messen. Am besten funktioniert das mit Teststreifen aus der Apotheke. Sie verfärben sich in einem pH-Bereich zwischen 5 und 8 nach Kontakt mit dem Urin. Bewegen sich die Werte außerhalb dieses Bereichs, sollten Sie unsere Basis-Woche durchführen und danach erst wieder messen. Der beste Beweis ist aber immer Ihr Befinden nach der Umstellung auf eher basenbildende Ernährung, die Sie natürlich auf Dauer beibehalten sollten. Wenn auch nicht so streng wie in diesem Buch.

Basisch leben

Was wirkt wie?

Was wirkt wie?

Lebensmittel bilden je nach ihrer Zusammensetzung im Körper in unterschiedlich starkem Maße Säuren oder Basen. Eiweiß wirkt stark säure-, Kohlenhydrate wirken eher basenbildend und Fette verhalten sich neutral. Auch Mineralstoffe können eher negativ oder positiv geladen sein. Darüber hinaus spielt die Wirkung im Verdauungssystem eine Rolle. Deshalb ist es nicht ganz einfach, das Säure- oder Basenpotential eines Lebensmittels zu bestimmen. Als grobe Richtlinie kann Ihnen die Tabelle auf den Seiten 8 und 9 dienen.

Das macht echt sauer!

Vieles, was Sie zunächst in Schwung bringt, lässt den pH-Wert in Ihrem Körper sinken: Alkohol, Kaffee, Cola und nur kurzgezogener Schwarzer Tee führen schnell zur Übersäuerung. Das gilt auch für kohlensäurehaltige Drinks sowie saure Malven- und Früchtetees. Schokolade, Zucker, Süßigkeiten, Gebäck, weißes Mehl wirken ähnlich säuernd. Die letzte stark säurebildende Gruppe bilden Fleisch, Wurst, Fisch, Meeresfrüchte, Käse und Eiweiß. Das Fazit: Vegetarier leben ganz unbewußt ausgesprochen »basisch«!

Die Neutralen

... sind meist schwach säure- oder basenbildend. Sie brauchen die Neutralen, weil sie lebensnotwendige Nährstoffe enthalten. Dazu gehören Sauermilchprodukte und Milch mit viel Calcium. Butter, Butterschmalz und kaltgepreßte Öle mit Vitamin E und Beta-Carotin sorgen für ausreichend Kalorien. Und Amaranth, Dinkel, Hirse, Quinoa sowie Buchweizen sind eiweiß- und vitamin-B-reicher Ersatz für die gängigen Getreidesorten und den säurebildenden Reis.

Wohltuend basisch

Früchte, Kartoffeln und Gemüse sind – bis auf wenige Ausnahmen – stark basisch. Selbst, wenn sie säuerlich schmecken, wie z. B. Zitrusfrüchte, wirken sie basisch. Das gilt auch für milchsaures Gemüse wie z. B. Sauerkraut. Bei Hülsenfrüchten gibt es erhebliche Unterschiede: Während weiße Bohnen basenbildend wirken, gelten alle übrigen getrockneten Hülsenfrüchte als säurebildend. Bei Nüssen und Samen scheiden sich die Geister. Nur soviel ist sicher: Mandeln, Kürbis- und Sonnenblumenkerne sind eher Basenbildner. Und je frischer die gehaltvollen Kerne, desto besser.

Übrigens: Gekeimt wird jeder Samen basisch und damit wohltuend für Ihren Körper. Dazu sind Sprossen reich an Vitaminen, Mineralstoffen und bioaktiven Substanzen.

Was soll ich trinken?

Trinken ist wichtig, um die Nieren zu entlasten und die Säuren auszuleiten. Trinken sollten Sie mindestens 2 Liter pro Tag. Ideal sind stille Mineralwässer – und natürlich milde Kräutertees. Im Reformhaus gibt es spezielle basenbildende Tees. Schwarztee, der länger als 4 Minuten gezogen hat, und Malzkaffee sind ebenfalls verträglich. Natürliche Frucht- und Gemüsesäfte sind basenbildner, aber fast ein Snack. Zum Durstlöschen am besten mit Wasser verdünnen. Molke und Buttermilch sind von allen Milchprodukten am günstigsten. Und ein wahres Kurgetränk ist der milchsauer vergorene Brottrunk. Er läßt sich mit stillem Wasser gut im Verhältnis 1 : 1 verdünnen. Wer auf Dauer dem Alkohol nicht ganz entsagen will: Trockener Wein und Bier sind in Maßen verträglich!

Und zwischendurch?

Wenn im Magen ständig Halbverdautes mit Unverdautem gemischt wird, kommt es zu Sodbrennen und zur Übersäuerung. Halten Sie deshalb am besten drei Hauptmahlzeiten ein und essen Sie allenfalls, wenn der Hunger zu groß wird, zwischendurch eine Frucht. Als kalte Mahlzeit sind Müsli und Salate ideal. Das übliche belegte Brot ist dagegen ein starker Säurebildner. Probieren Sie statt dessen das Kartoffel-Dinkelbrot mit einem vegetarischen Aufstrich (Seite 18–19).

Lebens- *säure- oder basenbildend* mittel

Mehrere Faktoren beeinflussen die Wirkung: der Gehalt an Mineralstoffen, die Stoffwechselwege und der Einfluß auf die Verdauungsorgane. Dadurch gibt's jede Menge Ausnahmen. Hier ein kleiner Wegweiser.

WICHTIG: Zu etwa 80 % sollte das Essen basenbildend sein – 20 % sollten säurebildend wirken! Neutrale Lebensmittel in Maßen essen.

ÜBRIGENS: Was sauer schmeckt, muß nicht säurebildend sein: Zitrusfrüchte, Kiwi oder Ananas sind wie Obst allgemein starke Basenbildner. Auch milchsaures Gemüse wie Sauerkraut, Kapern, saure Gurken und Oliven wirken basenbildend trotz ihres säuerlichen Geschmacks.

BASENBILDNER

Kartoffeln
Gemüse
Frischobst
Trockenfrüchte
Honig
Dicksäfte
Ahornsirup
Rohrzucker
Sprossen & Keime
Gewürze (Zimt, Lorbeer, Vanille, Majoran, Dill, Senf, Kümmel)
Sauerkraut
Kapern
Oliven
Hefe
Sojasauce
Kräutertee
stilles Wasser
Brottrunk

NEUTRAL – SCHWACH BASISCH

- Frischmilch
- Molke
- Buttermilch
- Jogurt
- frische Sahne
- Sojamilch
- Tofu
- Hirse
- Buchweizen
- Amaranth
- Quinoa
- Kartoffelstärke
- Pfeilwurzelmehl
- Eigelb
- Butter
- kaltgepresste Öle
- Essig
- Sonnenblumenkerne
- Kürbiskerne

NEUTRAL – SCHWACH SAUER

- Dinkel
- Vollkorn-Knäckebrot
- Sauerteigbrot
- weiße Bohnen
- Sesamsamen
- Cashewnüsse
- Pistazien
- Mandeln
- Haselnüsse
- Leinsamen
- Frischkäse
- Hüttenkäse
- Sauermilchprodukte
- Bier
- trockener Wein

SÄUREBILDNER

- Fleisch
- Wurst
- Fisch
- Meeresfrüchte
- Ei(weiß)
- Käse
- Quark
- Weißmehl
- helles Brot
- Nudeln
- Reis
- Mais
- Hülsenfrüchte
- Zucker
- Schokolade
- Süßigkeiten
- Erdnüsse
- Walnüsse
- Rosenkohl
- Artischocken
- kohlensäurehaltige Getränke
- Malventee
- Alkohol
- Kaffee
- Schwarztee (Ziehzeit unter 1 Minute)

Basis-
basisch essen & trinken
woche

Stellen Sie um!

Sie fühlen sich reif für die Insel? Dann versuchen Sie es doch lieber mit dieser Basiswoche. Sie führt Säure aus Ihrem Körper und entlastet ihn. Sie kann der Beginn einer langfristigen Umstellung hin zu einer stärker basenbildenden Ernährung sein. Auf Dauer sollten Sie aber Milchprodukte und normales Getreide wieder stärker in Ihre Ernährung einbeziehen. Wenn Sie sich länger nach diesen Rezepten richten, sollten Sie zusätzlich ein Calciumpräparat einnehmen.

Der Wochenplan

Am Wochenende, vor Kurbeginn, backen Sie ein Kartoffel-Dinkelbrot und machen Kartoffelkäs' und Früchtemark, kochen Gemüsebrühe und kaufen die Zutaten für den Brennessel-Ingwertee, einen Berg Obst und 2 Flaschen Brottrunk. Trinken Sie pro Tag 200 ml Brottrunk, mindestens 1 l stilles Mineralwasser und soviel Gemüsebrühe wie Sie mögen. Zur kalten Jahreszeit können Sie das Wasser heiß trinken – Sie werden staunen, wie gut das tut. Wer mag, kann zu Beginn, also am Sonntag, einen Obsttag vorschalten. Rohes Obst und Gemüse können Sie unbegrenzt essen. Achten Sie auf einen Mahlzeitenabstand von mindestens zwei Stunden. Jeden Tag gibt's drei Hauptmahlzeiten und zwei Extra-Vorschläge, die Sie zu den Mahlzeiten oder zwischendurch im genannten Abstand essen können. Übrigens: Am Anfang kann es einen Durchhänger mit Kopfweh, Abgeschlagenheit und einem »Down« geben – das ist die berühmte Erstverschlimmerung: Durchhalten! Last but not least: Wenn Sie nicht satt werden, essen Sie die doppelte Portion!

✱ Tip: Das Brot läßt sich portionsweise einfrieren.

Wochenplan

Montag

✱ Je 1 Scheibe Kartoffel-Dinkelbrot mit Kartoffelkäs' mit Basilikum und Butter mit kalt gemixtem Früchtemark ✱ Curry-Rösti aus dem Ofen ✱ Gefüllte Tomaten, dazu 2 Scheiben Kartoffel-Dinkelbrot ✱ Molke-Beerenmix

Dienstag

✱ Müsligrütze mit Dinkel und Hirse ✱ Weißer Bohnentopf
✱ Rucola-Wildreis-Salat mit 1 Scheibe Kartoffel-Dinkelbrot
✱ Kürbis-Salsa-Verde mit rohem oder gedämpftem Gemüse

Mittwoch

✱ 2 Scheiben Kartoffel-Dinkelbrot mit Kartoffelkäs' mit Basilikum und Butter, Früchtemark oder Honig ✱ Zwetschgenknödel, davor Kartoffel-Tomaten-Cocktail ✱ Eingelegter Grillfenchel, dazu Pellkartoffeln ✱ Buttersalat mit Quinoa ✱ Milchmix mit Birne und Zimt

Donnerstag

✱ Amaranth-Müsli ✱ Grüner Spargelrahm; dazu Pellkartoffeln
✱ Provençalischer Gemüsesalat; dazu 2 Scheiben Kartoffel-Dinkelbrot
✱ Basilikumschaumsuppe

Freitag

✱ Sprossen-Müsli ✱ Kartoffelgratin ✱ Löwenzahnsalat mit roten Bohnen und 1 Scheibe Kartoffel-Dinkelbrot ✱ Schokoladenpudding ✱ 1 Scheibe Kartoffel-Dinkelbrot mit Kartoffelkäs' mit Basilikum oder Honigfrüchten

Samstag

✱ 1–2 Scheiben Kartoffel-Dinkelbrot mit Honigfrüchten, 1 Molke-Beerenmix
✱ Gemüsetempura mit Tomatensugo ✱ Grüner Nudelsalat mit Kartoffel-Tomaten-Cocktail ✱ Johannisbeer-Sorbet ✱ Paprika-Carpaccio

Sonntag

✱ Kartoffel-Dinkelbrot mit Honigfrüchten, Kartoffelkäs' mit Basilikum
✱ Rote-Bete-Ragout ✱ Spargel-Tomaten-Salat
✱ Kürbiscremesuppe

Frische Honigfrüchte

schmeckt auch mit Zitrusfrüchten

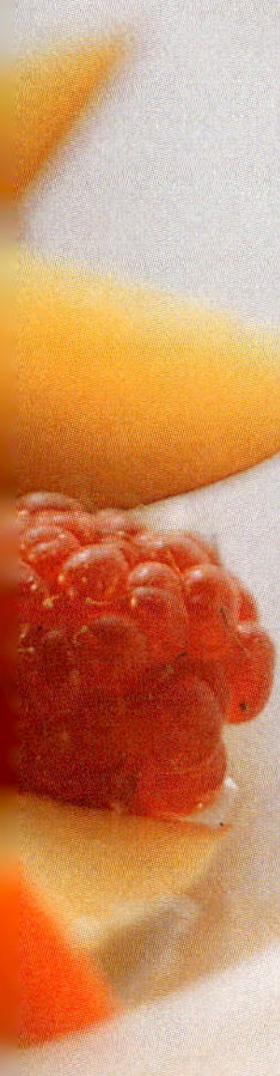

Zutaten für 4 Personen: • 120 g flüssiger Honig • 1 Kiwi • 1 Nektarine • 1 EL Zitronensaft • 100 g Walderdbeeren oder Himbeeren • 2 EL Blaubeeren

Eine flache Schale mit 2–3 Esslöffeln Honig ausstreichen. Kiwi schälen und in 5 mm dicke Scheiben schneiden. Nektarine in Spalten schneiden und mit Zitronensaft beträufeln. Beeren verlesen, wenn nötig waschen, trocken tupfen. Das Obst auf dem Honig verteilen und mit dem restlichen Honig überziehen. Gut verschlossen bleiben die Früchte im Kühlschrank 1 Woche frisch.

power

Insgesamt: 123 Kcal • 1 g EW • 1 g F • 32 g KH

Brennessel-Ingwertee mit Süßholz

entwässernd, anregend und basenbildend

Zutaten für 1 l Tee: • 1 fingergroßes Stück Ingwer • 1 Stück Süßholz • Muskatnuss • 3 EL Brennesseltee • 1 unbehandelte Orange

Ingwer und Süßholz in kleine Stückchen hacken, mit Brennessel und etwas frisch geriebener Muskatnuss in eine Kanne geben. Mit 1 l kochendem Wasser überbrühen und 10 Minuten ziehen lassen. Die Orange waschen, in Scheiben schneiden und in die Gläser geben. Den Tee über die Orangenscheiben durch ein Sieb abgießen. Heiß oder abgekühlt trinken.

power

Insgesamt: 18 Kcal • 0 g EW • 1 g F • 4 g KH

Molke-Beerenmix

mit Agavensaft und Vanillemark

Zutaten für 2 Personen: • 100 g Beeren (frisch oder tiefgekühlt) • 250 ml Molke • 1 Stückchen Vanilleschote • 1–2 EL Agavendicksaft

Die Beeren waschen, verlesen und abtropfen lassen. Mit der Molke in einen Mixer oder eine Rührschüssel geben. Die Vanilleschote längs aufschlitzen. Mit einem scharfen Messer das Mark aus der Schote in die Molke kratzen. Den Agavendicksaft dazugeben und alles kräftig pürieren. Mit Strohhalmen servieren.

power

Pro Drink: 97 Kcal • 1 g EW • 1 g F • 23 g KH

Milchmix mit Birne und Zimt

mild und calciumreich

Zutaten für 2 Personen: **• 1 Birne • 250 ml Vollmilch • 1/2 TL Zimtpulver • 1–2 TL Akazienhonig**

Die Birne waschen, schälen und vierteln. Das Kerngehäuse und den Stiel entfernen. Mit der Milch, dem Zimt und dem Honig im Mixer oder mit dem Pürierstab purieren. In große Gläser füllen und mit Strohhalmen servieren.

power

Pro Drink: 203 Kcal • 2 g EW • 2 g F • 17 g KH

Kartoffel-Tomaten-Cocktail

mit säurebindendem Kartoffelsaft

Zutaten für 2 Personen: **• 500 g Kartoffeln oder 100 ml Kartoffelsaft • 1 EL Apfelessig • 2 EL Kapern mit Sud • 2 EL Basilikumblätter • 250 ml Tomatensaft • 1 Prise Kräutersalz • schwarzer Pfeffer**

Die Kartoffeln waschen, schälen und im Mixer pürieren. Das Mus mit Apfelessig beträufeln und 10 Minuten ziehen lassen, dann durch ein feines Sieb streichen. Basilikumblätter waschen und trocken tupfen. Kapern und Basilikum fein hacken. Mit Kartoffelmus oder Kartoffelsaft, Tomatensaft, Salz und Pfeffer vermischen. Im Cocktailglas sofort servieren.

power

Pro Drink: 72 Kcal • 3 g EW • 1 g F • 16 g KH

Kartoffel-Dinkelbrot

mit Basenbildner Brottrunk

Zutaten für 2 Kastenformen (je 2 l Inhalt):

500 g mehligkochende Kartoffeln
500 g Dinkelmehl
500 g Dinkelvollkornmehl
2 Päckchen Trockenhefe
1/8 l Brottrunk
2 EL Salz
1 TL Kümmel
200 g Sonnenblumenkerne

Die Kartoffeln waschen, in der Schale über kochendem Wasser in einem Einsatz 20–30 Minuten garen. Kartoffeln heiß pellen, durch die Kartoffelpresse drücken. Dinkel- und Dinkelvollkornmehl mit der Hefe mischen, nach und nach unter die Kartoffeln kneten.

Wird die Masse zu fest, etwas Brottrunk zufügen. Der Teig sollte eine formbare, weiche Konsistenz haben. Bei Zimmertemperatur 1 Stunde gehen lassen. Dann Salz, Kümmel und die Hälfte der Sonnenblumenkerne zufügen. Den Teig leicht durchkneten.

Die Kastenformen einfetten und mit 50 g Sonnenblumenkernen ausstreuen, Teig einfüllen, mit den übrigen Kernen bestreuen und in den kalten Ofen (unten) schieben und bei 200° etwa 1 Stunde backen. In der Form abkühlen lassen, dann herauslösen.

Brottrunk

Vollkornbrot wird mit Wasser milchsauer zu Brottrunk vergoren. Die milchsaure Wohltat ist ein Basenbildner und die vielen biologisch aktiven Substanzen wirken sich positiv auf die Gesundheit aus. Bereits 100 ml Brottrunk decken mehr als die Hälfte Ihres Tagesbedarfs an Vitamin B_{12}.

Pro Portion:

202 Kcal
8 g EW • 5 g F
31 g KH

power

Kartoffelkäs' mit Basilikum

ideal als Brotaufstrich

Zutaten für 1 Glas von 300 ml:
200 g mehligkochende Kartoffeln
50 g Mandeln
4–5 EL Olivenöl oder Molke
1 Bund Basilikum
1 Knoblauchzehe
1 TL Salz
schwarzer Pfeffer

Kartoffeln waschen, in der Schale dämpfen, bis sie gar sind. Inzwischen die Mandeln in Wasser aufkochen, kalt abschrecken und aus der Schale drücken. Das Basilikum waschen, trockenschütteln und die Blätter abzupfen. Den Knoblauch schälen und zerdrücken. Mandeln, Olivenöl oder Molke und Basilikum mit Salz und Pfeffer im Mixer pürieren. Die heißen Kartoffeln pellen, mit der Würzmischung und dem Knoblauch zu einer Paste zerstampfen, nochmals mit Salz und Pfeffer abschmecken. In einem gut verschließbaren Glas bleibt der Brotaufstrich im Kühlschrank 3–4 Tage frisch.

Kartoffeln

Kartoffeln gelten in der Volksmedizin als Magenpflaster: Sie sind stark basenbildend und gleichzeitig eiweißreich. Ideale Ergänzung dazu ist das Getreideeiweiß: Zusammen, also als Kartoffelkäs'-Stulle, nimmt es diese Mischung mit jedem Steak auf. Am schonendsten garen Kartoffeln im Dämpfer über kochendem Wasser.

Insgesamt:
830 Kcal
16 g EW • 68 g F
42 g KH

power

Kaltgemixtes Früchtemark

ohne säurebildenden Zucker

Zutaten für 1 Glas von 300 ml: • 100 g essfertige Trockenpflaumen • 100 g Rosinen • 100 g getrocknete Feigen • 1/8 l Orangensaft • Zimtpulver

Das Trockenobst kurz in heißem Wasser waschen, auf Küchenpapier abtropfen lassen und hacken. In einer Schüssel mit dem Orangensaft übergießen und 1 Stunde ziehen lassen. Dann mit dem Pürierstab pürieren. Mit Zimt würzen. Gut verschlossen bleibt es im Kühlschrank etwa 2 Wochen frisch.

power

INSGESAMT: 800 Kcal • 9 g EW • 3 g F • 193 g KH

Kaltgerührte Konfitüre

mit Rohrzucker basenbildend

Zutaten für 1 Glas von 300 ml: • 200 g rote Johannisbeeren • 125 g Erdbeeren • 125 g Rohrzucker

Johannisbeeren und Erdbeeren waschen, putzen und abtropfen lassen. Die abgezupften Johannisbeeren durch ein grobes Sieb streichen. Sehr große Erdbeeren grob zerkleinern. Das Johannisbeermark mit den Erdbeeren und dem Rohrzucker im Mixer 10 Minuten mixen, bis die Masse zu gelieren beginnt. Im Glas und gekühlt ist sie etwa 4–6 Wochen haltbar.

power

INSGESAMT: 576 Kcal • 3 g EW • 1 g F • 138 g KH

Müsligrütze mit Dinkel und Hirse

ein vollwertiges Frühstück

Zutaten für 2 Personen:
3 EL frisch geschroteter Dinkel
3 EL frisch geschrotete Hirse
2 EL frisch gemahlener Mohn
1 Tasse Wasser
1 kleine Banane
200 ml Milch
1 rosa Grapefruit
1 Orange

Das Getreide und den Mohn in einem Topf mit dem Wasser etwa 1 Minute bei schwacher Hitze kochen lassen. Dann abkühlen lassen und bis zum Essen kalt stellen. Die Banane schälen, mit der Milch pürieren und unter die Grütze ziehen. Die Grütze in Schälchen geben.

Die Grapefruit und die Orange mit einem scharfen Messer bis aufs Fruchtfleisch schälen. Die Zitrusfrüchte in fingerdicke Scheiben schneiden. Die Scheiben achteln. Die Fruchtstücke auf dem Müsli anrichten. Die Müsligrütze sofort servieren.

Getreide

Getreide enthält neben Ballaststoffen, Vitaminen und bioaktiven Substanzen auch Phytin, eine Säure, die die Aufnahme von Mineralstoffen und wahrscheinlich auch Vitaminen im Verdauungstrakt verhindert. Durch Backen, Keimen und Kochen verliert das Phytin seine Wirksamkeit. Deshalb sollten Sie frisch geschrotetes oder geflocktes Getreide lieber vor dem Essen nicht nur einweichen, sondern auch aufkochen. Fertige Flocken sind bereits erhitzt.

Pro Portion:
272 Kcal
10 g EW • 7 g F
43 g KH

Amaranth-Müsli

mit Apfelmus und Feigen

Zutaten für 2 Personen:

- 1 großer Apfel
- 2 getrocknete Feigen
- 6 getrocknete Aprikosen
- 250 ml Wasser
- 1 Zimtstange
- 1–2 EL Honig
- 8 EL Popp-Amaranth

Den Apfel waschen, schälen, halbieren und vom Kerngehäuse befreien. Den Apfel mit einem Messer kleinschneiden. Die Feigen und die Aprikosen waschen, abtropfen lassen und kleinschneiden. Mit den Apfelstückchen, Wasser und der Zimtstange in einem Topf aufkochen. Alles etwa 5 Minuten bei schwacher Hitze dünsten. Den Honig unterrühren. Das Apfelmus abkühlen lassen und die Zimtstange entfernen. Das Apfelmus zusammen mit dem Amaranth in Schälchen anrichten und servieren.

Amaranth

Amaranth ist ein Samen aus den Anden, der weniger säurebildend als unser Getreide ist. Sein Eiweiß ist für den Körper wertvoller als Getreideeiweiß, enthält aber kein Gluten. Deshalb läßt sich Amaranth nicht mit Hefe backen. Amaranth gibt es fürs Müsli gepoppt im Naturkostladen oder Reformhaus. Sonst gibt es Amaranth in Körnerform, die Sie im Laden gleich mahlen lassen können oder zu Hause zu Mehl mahlen.

Pro Portion:
282 Kcal
5 g EW • 3 g F
65 g KH

power

Sprossen-Müsli

kalorienarm und vitalisierend

Die Samen in ein Weckglas füllen, mit lauwarmem Wasser übergießen und 24 Stunden einweichen. Die Samen abgießen, abspülen und zurück in das Glas geben. Mit Wasser auffüllen, kurz stehen lassen. Das Glas mit Gaze und einem Gummiring verschließen, mit der Öffnung nach unten in den Geschirrständer stellen, damit das Wasser abtropfen kann. Die Sprossen etwa 5 Tage keimen lassen, bis der zarte Keim sichtbar wird. Dabei täglich wässern. Dann gründlich waschen und abtropfen lassen.

Zutaten für 2 Personen:

100 g Hirsesamen (leicht keimfähig, im Reformhaus)
1 Tasse Beeren nach Belieben
150 g probiotischer Jogurt
1–2 EL Ahornsirup

Die Beeren waschen, verlesen und ebenfalls abtropfen lassen. Die Beeren mit den winzigen Hirsesprossen mischen. Den Jogurt mit dem Ahornsirup cremig rühren und über die Beeren-Sprossen-Mischung gießen.

Sprossen

Durch das Keimen sinkt der Gehalt an Fett und Phytin, der Anteil an Vitaminen und Mineralstoffen steigt. Gekeimter Samen wirkt weniger säurebildend und ist auch ungegart leicht verdaulich. Vor dem Essen sollten Sie die Sprossen in einem Sieb sehr gründlich waschen. Wer mag, kann sie dann in einer Pfanne kurz schwenken oder in kochendem Wasser einmal aufkochen (blanchieren).

PRO PORTION:
193 Kcal
6 g EW • 4 g F
34 g KH

power

Rucola-Wildreis-Salat

für abends und zum Mitnehmen

Den Ingwer und die Zwiebel schälen und sehr fein würfeln. Die Schale von der Limette dünn abschälen. Die Limette auspressen. Den Saft mit 1 Tropfen Honig, Pfeffer und grünen Pfefferkörnern mischen. Zwiebel und Ingwer darin über Nacht ziehen lassen.

Den Wildreis im Topf erwärmen, mit 200 ml Wasser, Salz, Kreuzkümmel und Limettenschale aufkochen. Dann bei schwacher Hitze 45 Minuten ziehen lassen, abkühlen lassen und die Schale entfernen.

Rucola waschen, in 3–4 cm lange Abschnitte teilen. Radieschen putzen, waschen und in Scheiben hobeln. Alle Zutaten mischen. Die Ingwermarinade mit Öl verrühren, mit Salz und Pfeffer abschmecken und unter den Salat mischen. Den Salat auf Tellern anrichten.

Zutaten für 2 Personen:

1 Stück Ingwer
1 rote Zwiebel
1 Limette
Honig
Pfeffer
1 TL grüne Pfefferkörner
100 g Wildreis
Salz
1/2 TL Kreuzkümmel
1 Bund Rucola
1 Bund Radieschen
3–4 EL Rapsöl

power

Pro Portion: 350 Kcal • 9 g EW • 17 g F • 44 g KH

Buttersalat mit Quinoa

mit Champignons und Meerrettich

Quinoa in 1/2 Esslöffel Öl andünsten, Gemüsebrühe, Lorbeerblatt und die Hälfte des Thymians dazugeben. Alles bei schwacher Hitze 15 Minuten dünsten, dann abkühlen lassen.

Zutaten für 2 Personen:

- 150 g Quinoa
- 1 1/2 EL Olivenöl
- 150 ml Gemüsebrühe
- 1 kleines Lorbeerblatt
- 1/2 TL Thymianblättchen
- 1/2 Kopfsalat
- 200 g Champignons
- 1 kleine Zwiebel
- 1/2 Knoblauchzehe
- 1/4 unbehandelte Zitrone
- 50 g Sahne
- 1 EL saure Sahne (20 % Fett)
- 1 TL Sahne-Meerrettich
- Salz, Pfeffer

Kopfsalat waschen, putzen und abtropfen lassen.

Champignons waschen oder abreiben, eventuell putzen und in Scheiben hobeln.

Zwiebel und Knoblauch schälen und fein hacken. Die Zitronenschale fein raspeln und den Zitronensaft ausdrücken.

Für das Dressing die Sahne steif schlagen. Die saure Sahne und Zitronensaft unterziehen. Mit der Schale, dem restlichen Thymian, dem Meerrettich, Salz und Pfeffer abschmecken.

In einer Pfanne das restliche Öl erhitzen, Zwiebel, Champignons und Knoblauch darin anbraten, dann salzen und pfeffern.

Das Dressing mit dem abgekühlten Quinoa und dem Salat vorsichtig mischen, auf zwei Teller verteilen. Die Champignons darauf anrichten und servieren.

power

Pro Portion: 528 Kcal • 19 g EW • 20 g F • 66 g KH

Löwenzahnsalat mit roten Bohnen

beruhigt Nerven und Körper

Zutaten für 2 Personen:

- 100 g rote Bohnen (getrocknet)
- 1 Zweig Rosmarin
- 1 kleines Lorbeerblatt
- Salz
- 1 1/2 unbehandelte Orangen
- 100 g Möhren
- 1 EL Öl
- Pfeffer
- 1 Bund Schnittlauch
- 125 g Löwenzahn
- 2 EL milder Senf
- 1 EL scharfer Senf
- 60 g Sahne

Die Bohnen in 400 ml Wasser über Nacht einweichen. Die Bohnen mit dem Einweichwasser, Rosmarin und Lorbeerblatt in etwa 1 1/2 Stunden garen, salzen und abkühlen lassen. 1 Orange bis aufs Fruchtfleisch schälen, filetieren, dabei den abtropfen den Saft auffangen. Die 1/2 Orange auspressen, 1 Messerspitze Schale abreiben und beiseite legen. Möhren waschen, putzen und schälen, in kleine Würfelchen schneiden. Das Öl in einem Topf erhitzen und die Möhren darin andünsten, salzen und pfeffern, etwas Orangensaft angießen, bei schwacher Hitze weitere 8 Minuten garen.

Schnittlauch und Löwenzahn putzen und waschen. Schnittlauch in Röllchen schneiden. Beides mit den Orangenfilets und den Möhrenwürfeln unter die Bohnen mischen und kräftig abschmecken. Senf und Sahne mit dem restlichen Orangensaft und der Orangenschale glattrühren. Mit Salz und Pfeffer würzen. Die Marinade zum Salat reichen.

power

Pro Portion: 384 Kcal • 16 g EW • 15 g F • 46 g KH

Spargel-Tomatensalat

mit basenbildendem Senfpulver

Das Gemüse waschen. Den Spargel schälen und in 5 cm lange Stücke teilen. Die Zuckerschoten putzen. 100 ml Wasser mit Salz und dem Zitronensaft in einem Topf zum Kochen bringen. Die unteren Spargelabschnitte darin 5 Minuten garen, dann die Spargelspitzen und Zuckerschoten hinzufügen. Alles in weiteren 8 Minuten fertig garen.
Inzwischen die Tomaten waschen und achteln. Die Pimpinelle waschen, trocken schütteln, von den groben Stiele befreien und hacken. Das Eigelb durch ein Haarsieb streichen, mit Senfpulver oder Senf und soviel Spargelsud mischen, daß ein Dressing entsteht. 1 EL Öl, Salz, Pfeffer und die Hälfte der Pimpinelle hinzufügen und abschmecken.
Mit Tomaten, Zuckerschoten und Spargel mischen, dann auf Teller verteilen. Das Knäckebrot in kleine Stückchen brechen. Das restliche Öl erhitzen und das Knäckebrot darin knusprig braun rösten und über den Salat streuen. Mit der restlichen Pimpinelle garnieren und sofort servieren.

Zutaten für 2 Personen:
250 g weißer Spargel
75 g Zuckerschoten
Salz
1 EL Zitronensaft
2 Tomaten
1 Bund Pimpinelle
1 hart gekochtes Eigelb
1 TL Senfpulver oder Senf
3 EL kaltgepresstes Olivenöl
Pfeffer
3–4 Scheiben dünnes Knäckebrot

power

Pro Portion: 172 Kcal • 5 g EW • 11 g F • 14 g KH

Eingelegter Grillfenchel

mit Kräutern der Provence

Den Backofen auf 200° vorheizen. Den Fenchel waschen und quer halbieren. Das Fenchelgrün abzupfen und beiseite legen. Zwei Stücke Alufolie mit der glänzenden Seite nach oben auf die Arbeitsfläche legen, mit den Ölkräutern einreiben. Auf jedes Stück Folie 2 Fenchelhälften mit den Schnittflächen nach unten legen. Die Folie über dem Fenchel fest verschließen. Im Ofen (Mitte) 35 Minuten garen.

Zutaten für 2 Personen:

2 Fenchel (je etwa 300 g)
1/2 EL Kräuter der Provence in Öl
125 g Pilze (Champignons, Austernpilze, Pfifferlinge)
2 EL Zitronensaft
1 Knoblauchzehe
1 1/2 EL kaltgepresstes Olivenöl
60 ml trockener Weißwein
Salz
schwarzer Pfeffer

Die Pilze putzen und feinblättrig schneiden. Mit 1 Teelöffel Zitronensaft beträufeln. Die Knoblauchzehe pellen und in dünne Scheiben schneiden. 1 Esslöffel Öl erhitzen und die Pilze darin in 2 Portionen anbraten, mit dem Wein angießen, kurz aufkochen lassen und in eine Schüssel geben.

Das restliche Öl in die Pfanne geben und den Knoblauch darin sanft andünsten. Mit dem restlichen Zitronensaft, Salz und Pfeffer kräftig würzen und mit den Pilzen mischen. Den Fenchel auspacken, in dünne Scheiben schneiden, mit den Pilzen und dem Fenchelgrün anrichten. Mit der Marinade übergießen und 2–3 Stunden ziehen lassen.

Fenchel

Fenchel ist basenbildend und unterstützt den Säureabbau im Körper. Er enthält 2–3 % ätherische Öle, die die Durchblutung im Verdauungstrakt und in den Atmungsorganen anregen, außerdem Magen, Niere und Leber stärken. Roh ist die Wirkung am besten.

Pro Portion:
145 Kcal
5 g EW • 8 g F
8 g KH

power

Paprika-Carpaccio

mit Haselnußblättchen

Den Backofengrill auf 250 °C vorheizen. Die Paprikaschoten waschen und auf ein Backblech legen. Unter dem heißen Grill unter gelegentlichem Wenden grillen, bis die Haut dunkel wird und Blasen wirft.

Die Schoten aus dem Ofen nehmen, mit Salz bestreuen und mit einem feuchten Küchentuch bedeckt etwas abkühlen lassen.

Die Haut abziehen, dabei den austretenden Saft auffangen. Die Paprika längs in 8–10 Segmente teilen.

Den Knoblauch schälen und grob hacken. Die Limette auspressen. Limetten- und Paprikasaft sowie Olivenöl vermischen. Mit Knoblauch, Salz, Pfeffer und Paprikapulver pikant abschmecken.

Mit den Paprikastreifen und ihrem Saft vermischen und mindestens 30 Minuten marinieren. Die Petersilie waschen, trockenschütteln, die Blättchen abzupfen und grob hacken.

Die Paprikastreifen mit der Petersilie und den Haselnussblättchen bestreuen. Mit Knäckebrot, Pellkartoffeln oder Kartoffel-Dinkelbrot (Rezept Seite 15) servieren.

Zutaten für 2 Personen:

je 1 rote und gelbe Paprikaschote
1/2 grüne Paprikaschote
Salz
1 Knoblauchzehe
1/2 Limette
2 EL kaltgepresstes Olivenöl
weißer Pfeffer
Paprikapulver rosenscharf
1/2 Bund glatte Petersilie
20 g Haselnussblättchen

Paprika

Paprika ist nicht nur basenreich: Das scharfe Capsaicin regt die Durchblutung und die Verdauung an, Beta-Carotin erhöht die Abwehrkräfte und Bioflavone stabilisieren die Blutgefäße. Die schwach säurebildenden Nüsse wirken sättigend.

PRO PORTION:

185 Kcal
4 g EW • 15 g F
10 g KH

power

Provençalischer Gemüsesalat

besonders apart mit Lavendelblüten

Zutaten für 2 Personen:
250 g festkochende Kartoffeln
150 g grüne Bohnen, Salz
1 EL Kräuter der Provence
1 Zucchino
1 rote Paprikaschote
1 rote Zwiebel
1 Knoblauchzehe
3 EL kaltgepresstes Olivenöl
2 EL Weißweinessig
Pfeffer, 1 EL Senf
1 Bund Basilikum
1 kleiner Radicchio
10 schwarze Oliven

Das Gemüse waschen, die Kartoffeln schälen. Bohnen putzen und dabei entfädeln. In einem Topf 1/8 l Wasser mit 1/2 Teelöffel Salz und den Kräutern der Provence zum Kochen bringen. Kartoffeln und Bohnen darin in 30 Minuten garen. Den Zucchino putzen und würfeln. Paprika halbieren, von Stiel und Kernen befreien und in Würfel schneiden. Die Zwiebel und den Knoblauch schälen und fein würfeln. Olivenöl, Essig, Pfeffer und Senf verrühren, das Gemüsewasser unterrühren und das Dressing abschmecken.

Die Kartoffeln pellen und in Scheiben schneiden, mit den Bohnen ins Dressing geben. Zucchini, Zwiebeln und Knoblauch zufügen und alles auskühlen lassen. Basilikum waschen, trocken schütteln. Die Blättchen abzupfen und grob in Streifen schneiden.

Radicchio in mundgerechte Stücke teilen, waschen und gut abtropfen lassen. Basilikum, Oliven und Radicchio unter den Salat ziehen. Würzig abschmecken.

power

Pro Portion: 335 Kcal • 10 g EW • 15 g F • 45 g KH

Grüner

vitalisierend und basenreich

Nudelsalat

Die Nudeln in reichlich Salzwasser bissfest kochen, abgießen, mit kaltem Wasser abschrecken und abtropfen lassen. Den Spinat und die Zucchini

Zutaten für 2 Personen:

100 g Hirsenudeln
Salz
125 g junge Spinatblätter
150 g Zucchini
1/2 Bund Basilikum
6 grüne Oliven (entkernt)
50 ml Gemüsebrühe
1 1/2 EL Zitronensaft
Pfeffer
1 Knoblauchzehe
1–2 EL geriebener Sbrinz-Käse

waschen. Den Spinat verlesen, harte Stiele abzupfen und abtropfen lassen. Die Zucchini in dünne Scheiben hobeln.

Das Basilikum waschen, trocken schütteln und die Blätter abzupfen. Mit den Oliven, der Brühe und dem Zitronensaft im Mixer pürieren. Das Dressing mit Salz und Pfeffer abschmecken. Den Knoblauch schälen, durch die Presse drücken und unterrühren. Alle vorbereiteten Zutaten behutsam mischen und das Dressing unterziehen. Den Nudelsalat auf 2 Teller verteilen, mit Käse bestreuen und servieren.

Spinat

Spinat ist eines des basenreichsten Gemüse und enthält roh noch alle Vitamine. Viel Eisen, Folsäure und Kupfer förden die Blutbildung, das Sekretin regt die Bauchspeicheldrüse an. Spinat enthält Oxalsäure, die das stumpfe Gefühl an den Zähnen erzeugt und Calcium bindet. Trinken Sie deshalb zum Essen einen mit Calcium angereicherten Fruchtsaft.

Pro Portion:
280 Kcal
15 g EW • 8 g F
39 g KH

power

Quinoa-Salat mit Sahne-Vinaigrette

schwach-basisches Abendessen

Quinoa in 1 Teelöffel Olivenöl andünsten. Den Zitronensaft, 400 ml Wasser und 1 Teelöffel Salz dazugeben, aufkochen und zugedeckt 15 Minuten bei schwacher Hitze köcheln lassen, dann abkühlen. Die rote Bete schälen und fein raspeln. Den Käse grob zerbröckeln. Den Schnittlauch waschen, trocken schütteln und in Röllchen schneiden. 1/2 Teelöffel beiseite legen. Den Knoblauch schälen und fein würfeln. Die Gurke waschen und mit einer Julienne-Reibe in Streifen hobeln. Alle Zutaten locker miteinander vermischen. Für die Vinaigrette die Brühe, den Senf, die Petersilie, den restlichen Schnittlauch, Pfeffer, Essig, das restliche Öl und die Sahne verrühren. Die Vinaigrette kurz vor dem Servieren über den Salat geben.

Zutaten für 2 Personen:

125 g Quinoa
4 TL kaltgepresstes Olivenöl
Saft von 1/2 Zitrone
Salz
100 g frische rote Bete
80 g Schafkäse
1 Bund Schnittlauch
1 kleine Knoblauchzehe
1 Salatgurke
60 ml Instant-Gemüsebrühe
1/2 TL milder Senf, Pfeffer
1 EL milder Essig
1 EL Sahne

Quinoa

Quinoa ist eine getreideähnliche Kulturpflanze aus Südamerika. Ihre Samen sind klein, rund und wirken eher schwach basenbildend. Quinoa enthält ähnlich wie Amaranth mehr wertvolles Eiweiß als Getreide. Außerdem ist es reich an ungesättigten Fettsäuren, Eisen, Zink, Kalium, Magnesium und Vitamin C.

Pro Portion:
409 Kcal
18 g EW • 16 g F
48 g KH

power

Gefüllte Tomaten

mit eiweiß- und mineralstoffreicher Buchweizenfüllung

Zutaten für 2 Personen:

- 6 große Tomaten (etwa 1 kg)
- Salz
- Pfeffer
- 120 g Buchweizen
- 2–3 Frühlingszwiebeln
- 1 Knoblauchzehe
- 200 g Sauerkraut
- 1 Bund Dill
- 3–4 EL Zitronensaft
- 2–3 EL Rapsöl

Die Tomaten waschen, von der runden Seite kleine Deckel abschneiden und das Innere mit einem Löffel aushöhlen. Die Tomaten in einem Sieb abtropfen lassen, innen salzen und pfeffern.

Den Buchweizen in einer beschichteten Pfanne leicht rösten, bis er duftet. Die Frühlingszwiebeln waschen, putzen und in feine Ringe schneiden. Den Knoblauch schälen und fein hacken. Das Sauerkraut kleinschneiden. Den Dill waschen und die Dillspitzen von den groben Stielen zupfen.

Für die Füllung alle Zutaten mit Salz, Pfeffer, Zitronensaft und Öl vermischen. Die Füllung kräftig abschmecken und in die Tomaten geben. Die Deckel obenauf setzen. Die Tomaten auf Tellern anrichten und servieren.

* Alternative Füllungen

Statt Tomaten sind auch kleine Paprikaschoten zum Füllen geeignet. Statt Buchweizen läßt sich Amaranth oder Quinoa für die Füllung verwenden. Dazu die Körner vorher in 1/4 l Brottrunk aufkochen und abkühlen lassen. Wenn Sie statt Dill Basilikum oder Kräuter der Provence nehmen, bekommt das Gericht ein Mittelmeeraroma.

PRO PORTION:
441 Kcal
13 g EW • 15 g F
66 g KH

power

Würziger Radieschendip

mit Molke und Meerrettich

Zutaten für 2 Personen: • 1 Bund Radieschen • 100 ml Molke • 50 g Sahne • 1 TL Sahne-Meerrettich (aus dem Glas) • Salz • schwarzer Pfeffer

Die Radieschen waschen, putzen und im Mixer pürieren, etwas abtropfen lassen und dabei den Saft auffangen. Das Mus mit der Molke mischen. Die Sahne steif schlagen und unter die Radieschen heben. Den Dip mit Sahne-Meerrettich, Salz und Pfeffer kräftig abschmecken. Je nach Konsistenz etwas Radieschensaft zugeben (den Rest trinken!) und kalt stellen.

power

PRO PORTION: 90 Kcal • 1 g EW • 8 g F • 3 g KH

Kürbis-Salsa-Verde

mit basenbildenden Oliven und Kräutern

Zutaten für 2 Personen: • 1 Bund Petersilie • 1 Bund Basilikum • 50 g Kürbiskerne • 50 g grüne Oliven (entkernt) • 100 ml Gemüsebrühe • 2 EL Olivenöl • Salz • Pfeffer • 1 Knoblauchzehe

Die Kräuter waschen, trocken schütteln und die Blättchen abzupfen. Basilikum und Petersilie zusammen mit den Kürbiskernen und den Oliven pürieren, nach und nach die Gemüsebrühe dazugeben. Mit Öl, Salz und Pfeffer abschmecken. Die Knoblauchzehe schälen, fein hacken und unterziehen.

power

PRO PORTION: 259 Kcal • 10 g EW • 22 g F • 9 g KH

Grüner Spargelrahm

mit Mascarpone und Basilikum

Den Spargel putzen, waschen und im unteren Drittel dünn schälen. Das Basilikum waschen, trocken schütteln und die Blättchen von den Stielen zupfen.

Den Spargel, das Basilikum und die Mascarpone in den Mixer oder Blitzhacker geben. Alle Zutaten cremig pürieren.

Das Mus mit Salz, Pfeffer, Zitronensaft, Olivenöl und etwas Gemüse- oder Spargelbrühe in einer Schüssel verrühren. Den Dip mit Salz und Pfeffer kräftig abschmecken.

Zutaten für 2 Personen:

100 g grüner Spargel
1/2 Bund Basilikum
50 g Mascarpone
Salz, Pfeffer
1 EL Zitronensaft
1 TL Olivenöl
Gemüse- oder Spargelbrühe

*** Dips zum Abrunden**

Diese fett- und eiweißhaltigen Dips ergänzen rohes oder gedämpftes Gemüse, Pasta und Kartoffeln zur sättigenden Mahlzeit. Sie lassen sich prima im voraus zubereiten und an den Arbeitsplatz mitnehmen. Mascarpone ist relativ fett, aber weniger säurebildend als Quark. Durch viel wertvolle Milchsäure ist Molke leicht basenbildend. Den basischen Charakter können Sie verstärken, indem Sie Gemüse in den Dip geben – wie hier den Spargel. Spargel wirkt zusätzlich entwässernd und regt Leber und Niere an.

Pro Portion:
145 Kcal
3 g EW • 13 g F
5 g KH

power

Gnocchi mit Tomaten

Italienisches zum Sattessen

Die Kartoffeln waschen, salzen und in 20–30 Minuten gar dämpfen. Heiß pellen, durch die Kartoffelpresse drücken und ausdampfen lassen. 1 Teelöffel Salz und so viel Mehl und Stärke unterkneten, bis der Teig nicht mehr klebt. Auf einer bemehlten Arbeitsfläche fingerdicke Rollen formen, in etwa 3 cm breite Abschnitte teilen. Jedes Stück mit einer Gabel flach drücken. Reichlich Salzwasser zum Kochen bringen. Die Gnocchi portionsweise in dem nicht mehr kochenden Wasser 4 Minuten ziehen lassen. Die Gnocchi kalt abschrecken und abtropfen lassen. Auf einem Blech im Backofen bei 80° warm halten.
Die Schalotten schälen und längs vierteln. In 1 Esslöffel Butter andünsten, mit dem Saft zugedeckt in 8 Minuten glasig dünsten.
Inzwischen die Tomaten kreuzweise einritzen, mit kochendem Wasser überbrühen, die Haut abziehen, halbieren und die Kerne entfernen. Das Fruchtfleisch in Spalten schneiden. Den Sauerampfer waschen, putzen und in Streifen schneiden. Das Tomatenmark, Honig, etwas Paprikapulver und die restliche Butter unter die Schalotten rühren. Die Tomaten und den Sauerampfer darin heiß werden lassen. Mit Salz und Pfeffer würzen und mit den heißen Gnocchi servieren.

Zutaten für 2 Personen:
500 g mehligkochende Kartoffeln
Salz
3 EL Mehl
2–3 EL Kartoffelstärke
100 g Schalotten
2 EL Butter
4 EL Orangensaft
350 g vollreife Tomaten
1/2 Bund Sauerampfer
1 EL Tomatenmark
etwas Honig
mildes Paprikapulver
Pfeffer

power

Pro Portion: 322 Kcal • 9 g EW • 6 g F • 58 g KH

Tomaten-Paprikasugo

mit Thymian und Basilikum

Zutaten für 2 Personen:
500 g vollreife Fleischtomaten
1 kleine rote Paprikaschote
1 Zwiebel
1 1/2 EL Olivenöl
1 EL Tomatenmark
1 TL Honig
1/2 Zweig Thymian
Salz
schwarzer Pfeffer
2 EL gehackte Basilikumblätter

Die Tomaten waschen, von den Stielansätzen befreien und achteln. Die Paprikaschote halbieren, von den Kernen und Trennwänden befreien, waschen und längs in 4–6 Stücke teilen.

Die Zwiebel schälen, halbieren und würfeln. Das Olivenöl erhitzen und Zwiebelwürfel darin bei mittlerer Hitze glasig dünsten. Die Tomaten- und Paprikastücke unterrühren. Tomatenmark, Honig, Thymian, Salz und Pfeffer dazugeben und 30 Minuten schmoren.

Den Thymianzweig entfernen und den Sugo mit dem Pürierstab pürieren oder durch die flotte Lotte passieren. Den Sugo bei geöffnetem Deckel einkochen lassen, bis die Sauce dicklich wird. Nochmals abschmecken und die Basilikumblättchen dazugeben.

Tomaten

Tomaten wirken – wie auch Paprika – stark basenbildend, obwohl sie reich an belebenden Fruchtsäuren sind. Viel Kalium und Magnesium unterstützen die Nierentätigkeit und wirken entwässernd. Lycopin stärkt die Abwehrkräfte. Tomatensugo, sehr dick eingekocht, ist ein basenbildender Aufstrich für geröstete Brotscheiben.

Pro Portion:
140 Kcal
4 g EW • 7 g F
16 g KH

power

Rahmsauce mit Morcheln

sehr aromatisch und edel

Zutaten für 2 Personen: • 20 g getrocknete Morcheln • 1 Schalotte • 1 TL Butter • 1/4 l Gemüsefond • 1/2 TL Speisestärke • 50 g Sahne • Salz • weißer Pfeffer

Morcheln in 1/4 l Wasser 8 Stunden abgedeckt einweichen, dann säubern. Das Einweichwasser durch eine Filtertüte gießen. Schalotte schälen, würfeln und in heißer Butter glasig dünsten. Morcheln kurz mitdünsten. Mit Einweichwasser und Fond etwas einkochen lassen. Die Stärke mit wenig Wasser anrühren. Die Sahne steif schlagen, unterziehen, vorsichtig erhitzen, salzen und pfeffern.

power

Pro Portion: 116 Kcal • 1 g EW • 10 g F • 5 g KH

Möhren-Mandelsauce

cremige und basenbildende Sauce

Zutaten für 2 Personen: • 200 g Möhren • 1 Zwiebel • 1 EL Butter • 20 g gemahlene Mandeln • 2 EL Tomatenmark • 100 ml Gemüsebrühe • Salz • Pfeffer • Muskatnuss • 50 g Sahne • Würzhefeflocken

Die Möhren waschen, schälen und raspeln. Die Zwiebel schälen und würfeln. Beides in Butter andünsten. Mandeln, Tomatenmark und Brühe hinzufügen, mit Salz, Pfeffer und frisch geriebenem Muskat würzen und 5 Minuten dünsten. Das Gemüse mit dem Pürierstab pürieren. Die Sahne hinzufügen und mit Hefeflocken abschmecken.

power

Pro Portion: 212 Kcal • 4 g EW • 17 g F • 11 g KH

Weißer Bohnentopf

mit besonders viel pflanzlichem Eiweiß

Die Tomaten in kleine Würfel schneiden und mit den Bohnen im Wasser mit dem Lorbeerblatt und einigen Pfefferkörnern über Nacht einweichen.

Zutaten für 2 Personen:
- 3 getrocknete Tomaten
- 100 g weiße Bohnen
- 1/2 l Wasser
- 1 Lorbeerblatt
- schwarze Pfefferkörner
- 1 Stange Lauch
- 250 g Kartoffeln
- 1 Knoblauchzehe
- Salz
- 30 g Kürbiskerne
- 1–2 EL Kürbiskernöl
- 1–2 EL Apfelessig

Die Tomaten und Bohnen im Einweichwasser in 30 Minuten garen.

Inzwischen den Lauch und die Kartoffeln waschen. Den Lauch putzen und in Ringe schneiden. Die Kartoffeln schälen und fein würfeln. Die Knoblauchzehe schälen und fein hacken.

Alles zu den Bohnen geben. Den Bohnentopf salzen und weitere 20 Minuten kochen, bis die Kartoffeln gar sind. Die Kürbiskerne in einer beschichteten Pfanne rösten. Mit Kürbiskernöl und Apfelessig unter den Eintopf ziehen. Mit Salz abschmecken.

* Sommerlich abgewandelt

Im Sommer schmeckt der Eintopf wunderbar mit frischen Tomaten statt der getrockneten und mit 1 Paprikaschote und 2 Frühlingszwiebeln statt Lauch. Im Frühling können Sie den Lauch durch 2–3 junge Möhren und 2 Bund Sauerampfer ersetzen. Auch gut mit 250 g gehacktem Blattspinat und 1 gewürfelten Zwiebel. Kartoffeln, Kürbiskerne und Knoblauch sind in allen Varianten enthalten.

Pro Portion:
398 Kcal
20 g EW • 16 g F
46 g KH

power

Basilikum-schaumsuppe

mit Molke und Pfeilwurzelmehl

Zutaten für 2 Personen: • 250 g mehlige Kartoffeln • 1 Zwiebel • 1 Knoblauchzehe • 1 EL Butter • 400 ml Molke • Salz • weißer Pfeffer • 1–2 TL Pfeilwurzelmehl • 1 Bund Basilikum • 2 EL saure Sahne (20 % Fett)

Die Kartoffeln waschen. Kartoffeln mit Zwiebel und Knoblauch schälen und fein würfeln. In der Butter andünsten, bis sie leicht gebräunt sind. Die Molke angießen, salzen und pfeffern und in 20 Minuten garen. Pfeilwurzelmehl in 2 Esslöffeln Wasser anrühren, unterrühren und aufkochen lassen. Das Basilikum waschen, die Blättchen abzupfen, dazugeben und pürieren. Mit saurer Sahne servieren.

power

Pro Portion: 166 Kcal • 4 g EW • 4 g F • 28 g KH

Kürbis-cremesuppe

sättigend, mild und stark basenbildend

Zutaten für 2 Personen: • 600 g Kürbisfleisch • 1 Zwiebel • 1 EL Olivenöl • Salz • Pfeffer • 200 ml Möhrensaft • 2 EL Crème fraîche • Ingwerpulver • Zitronensaft • 20 g Korinthen • 15 g grob gehackte Kürbiskerne

Kürbisfleisch grob würfeln. Zwiebel schälen und fein würfeln. Beides im Öl andünsten, salzen und pfeffern, bei mittlerer Hitze garen. Mit Möhrensaft und Crème fraîche fein pürieren. Mit Ingwerpulver und etwas Zitronensaft abschmecken. Korinthen und Kürbiskerne dazugeben, kurz ziehen lassen und servieren.

power

Pro Portion: 247 Kcal • 6 g EW • 13 g F • 28 g KH

Würzige Gemüsebrühe

als Basis für Saucen, Suppen und Eintöpfe

Die Zwiebeln schälen und in Würfel schneiden. Die Champigons abreiben und vierteln. Zwiebeln und Pilze in einem großen Topf ohne Fett anrösten, bis sie dunkel werden. Mit dem Brottrunk ablöschen und alles einmal aufkochen lassen.

Das restliche Gemüse waschen, putzen und grob zerkleinern. Mit gut 1 l Wasser, Salz, Lorbeerblättern, Nelken, Pfefferkörnern und Kräuterzweigen zu den Champignons geben und aufkochen lassen.

Das Gemüse 1 Stunde bei schwacher Hitze köcheln und dann abkühlen lassen. Die Brühe möglichst über Nacht ziehen lassen. Den Fond durch ein Sieb abgießen und würzig abschmecken. Der Fond hält sich gut und verschlossen etwa 1 Woche im Kühlschrank.

Zutaten für 1 l Brühe:

2 dicke Zwiebeln
100 g Champignons
200 ml Brottrunk
2 Bund Suppengemüse
2–3 vollreife oder getrocknete Tomaten
1 TL Salz
2 Lorbeerblätter
2 Gewürznelken
1 TL Pfefferkörner
1 Zweig Rosmarin
2 Zweige Thymian

Champignons

Besonders aromatisch wird der Fond, wenn Sie die Champignons hacken, salzen und 24 Stunden offen stehen lassen: Dabei fermentieren sie, werden braun und aromatisch. Eine ähnliche Wirkung haben getrocknete Pilze. Die leicht säuerliche Brühe können Sie heiß oder kalt trinken. Wenn Sie Möhren, Kürbis oder Kartoffeln darin garen und pürieren –, dann ist's eine Cremesuppe.

Pro Portion:
27 Kcal
1 g EW • 1 g F
1 g KH

power

Gemüse-tempura

in knuspriger Hülle schonend gegart

Zutaten für 2 Personen:

- 40 g Amaranthmehl
- 40 g Dinkelmehl
- 1 Eigelb, 1/2 Eiweiß
- 100 ml Eiswasser
- Salz
- 1 TL Basilikum in Öl
- 100 g Kirschtomaten
- 150 g kleine Champignons
- 1 dicke Lauchstange
- 250 g Kokosfett
- etwas Limettensaft
- Sojasauce

Amaranth- und Dinkelmehl mischen. Das Eigelb und das halbe Eiweiß mit etwa 50 g von der Mehlmischung (bei Bedarf mehr), Eiswasser, Salz und Basilikum in Öl zu einem glatten Teig verrühren und in den Kühlschrank stellen.
Die Tomaten waschen und trockentupfen. Die Champignons abreiben, wenn nötig putzen. Den Lauch putzen, waschen und in fingerdicke Scheiben schneiden, eventuell nochmals waschen. Das Gemüse 1 Stunde in den Kühlschrank stellen.
Das Gemüse portionsweise in dem restlichen Mehl wälzen und dann durch den Teig ziehen. Das Kokosfett in einem kleinen Topf schmelzen und erhitzen. Das Gemüse portionsweise darin goldgelb ausbacken und auf Küchenpapier abtropfen lassen. Das Gemüse mit Limettensaft beträufeln und mit der Sojasauce servieren.

* Fritiertes Gemüse

Wichtig ist, daß alle Zutaten sehr kalt sind. Gut zum Fritieren eignen sich auch Brokkoliröschen, Zuckererbsen, Paprikastreifen, Zucchini- oder Auberginenscheiben sowie Spargel. Dazu paßt frisches Kartoffelpüree ohne Milch zubereitet.

Pro Portion:
350 Kcal
11 g EW • 21 g F
30 g KH

power

Curry-Rösti aus dem Ofen

mit Möhrendip besonders raffiniert

Die Frühlingszwiebeln putzen, waschen und in feine Ringe schneiden. Die Knoblauchzehen schälen und fein würfeln, ein Drittel für den Dip beiseite legen. Den Ingwer schälen und fein reiben. Die Kartoffeln waschen, schälen und grob raspeln. Die Frühlingszwiebeln, den Knoblauch und den Ingwer unterziehen. Die Mischung mit Salz, Pfeffer und Currypulver scharf abschmecken.

Zutaten für 2 Personen:

- **2-3 Frühlingszwiebeln**
- **2 Knoblauchzehen**
- **1 nussgroßes Stück Ingwer**
- **600 g Kartoffeln**
- **Salz**
- **weißer Pfeffer**
- **1–2 TL Currypulver**
- **2 EL gehackte Cashewkerne**
- **2 EL Butterschmalz**
- **200 g Möhren**
- **abgeriebene Orangenschale**
- **150 g Vollmilchjogurt**
- **1 EL Kürbiskernöl**

Die Cashewkerne in einer großen beschichteten Pfanne mit 1 Esslöffel Butterschmalz anbraten. Die Kartoffelmasse darüber verstreichen, den Deckel auflegen und in 10 Minuten goldbraun backen. Dann wenden, dabei das restliche Butterschmalz dazugeben und ebenfalls goldbraun backen.

Inzwischen die Möhren schälen und im Mixer pürieren. Mit dem übrigen Knoblauch, etwas Orangenschale, dem Jogurt, dem Öl, Salz und Pfeffer verrühren, kräftig abschmecken. Die Rösti in Spalten teilen und mit dem Möhrenjoghurt servieren.

power

Pro Portion: 488 Kcal • 11 g EW • 25 g F • 54 g KH

Rote-Bete-Ragout

auf Blinis serviert

Zutaten für 2 Personen:
- 100 g Buchweizenmehl
- 1 Tüte Trockenhefe
- 1/2 TL Honig, Salz
- 400 g rote Bete
- 150 g Zwiebeln
- 1 Apfel (Boskoop)
- 2–3 EL Zitronensaft
- 1 EL Sonnenblumenöl
- 1 Prise Lebkuchengewürz
- 100 ml Gemüsebrühe
- Pfeffer
- 2–3 EL Butterschmalz
- 2 EL Dillspitzen
- 2 EL saure Sahne (20 % Fett)
- 3–4 EL Buchweizen

Das Mehl mit 100 ml kaltem Wasser anrühren. Dann unter Rühren 150 ml heißes Wasser, Hefe, Honig und 1/2 Teelöffel Salz dazugeben und 1 Stunde gehen lassen.

Die rote Bete waschen, schälen und in 1/2 cm dicke Streifen schneiden. Die Zwiebeln schälen und in Halbringe schneiden. Apfel waschen, schälen, halbieren, vom Kerngehäuse befreien und in Spalten schneiden. Mit Zitronensaft beträufeln. Öl erhitzen, Zwiebeln und rote Bete darin andünsten, das Lebkuchengewürz und die Brühe hinzufügen und 10 Minuten schmoren. Die Apfelspalten hinzufügen und 2 Minuten ohne Deckel einkochen lassen. Mit Salz und Pfeffer abschmecken.

Etwas Butterschmalz erhitzen, für die Blinis 3 Portionen Teig hineingeben und in 3–4 Minuten goldbraun braten. Die Blinis wenden und fertig backen, herausnehmen und warm halten.

Den Buchweizen in der Pfanne rösten. Pro Portion drei Blinis mit Ragout, einem Klecks saurer Sahne, einigen Dillspitzen und dem Buchweizen garnieren und servieren.

power

Pro Portion: 644 Kcal • 13 g EW • 30 g F • 80 g KH

Amaranth aus dem Wok

schnell und schonend zubereitet

Zutaten für 2 Personen:
100 g Amaranth
1 TL getrocknetes Zitronengras
200 ml Brottrunk
2 Frühlingszwiebeln
300 g junge Möhren
200 g Champignons
2 EL Maiskeimöl
50 g geschälte Mandeln
100 g Sojasprossen
1 EL Sesamöl
Sojasauce

Den Amaranth, das Zitronengras und den Brottrunk zum Kochen bringen. Den Amaranth 15 Minuten quellen lassen. Die Frühlingszwiebeln waschen, putzen und in feine Ringe schneiden. Die Möhren waschen, putzen, schälen und in Streifen hobeln. Die Champignons abreiben und je nach Größe vierteln oder achteln.

Das Maiskeimöl im Wok bei mittlerer Hitze erhitzen, die Mandeln darin rührbraten, bis sie duften. Dann die Möhren dazugeben und kurz rührbraten.

Die Champignons, Frühlingszwiebeln und Sojasprossen hinzufügen und 5 Minuten rührbraten. Den Amaranth und das Sesamöl dazugeben, kurz weiterbraten und mit Sojasauce abschmecken. Zitronengras entfernen und sofort servieren.

* Schonend garen im Wok

Im Wok garen auch kleine Portionen schnell und schonend, weil alle Zutaten klein geschnitten sind. Das Rezept läßt sich mit gegarter Hirse, Quinoa, Hirse- oder Vollkornnudeln (ohne Ei) statt Amaranth abwandeln. Beim Gemüse sind Chinakohl, Brokkoliröschen, Kohlrabi, Spinat, Mangold, Paprika und andere Sprossen mögliche Varianten. Verarbeiten Sie höchstens 600 g auf einmal.

Pro Portion:
613 Kcal
21 g EW • 41 g F
43 g KH

power

Kartoffelgratin

mit Rucola und Frischkäse

Die Kartoffeln waschen und dämpfen. Die Gemüsebrühe mit der Sahne und dem Frischkäse zum Kochen bringen. Die Stärke in 2 Esslöffeln Wasser anrühren, unterrühren und alles einmal aufkochen. Mit Salz und Pfeffer kräftig abschmecken.

Zutaten für 2 Personen:

500 g Kartoffeln
1/4 l Gemüsebrühe
4 EL Sahne
2 EL Kräuterfrischkäse
2 TL Speisestärke
Salz
Pfeffer
100 g Rucola
Fett für die Form
2 kleine Äpfel (Boskoop)
40 g Sonnenblumenkerne

Rucola waschen, trocken schütteln, in Stücke schneiden und unter die Sauce ziehen. Den Backofen auf 200° vorheizen. Eine kleine, flache Gratinform für 1 l Inhalt einfetten. Die Kartoffeln pellen und in Scheiben schneiden.

Die Äpfel schälen, halbieren, vom Kerngehäuse befreien und in schmale Spalten schneiden. Kartoffeln und Äpfel im Wechsel dachziegelartig in die Form schichten und mit der Sauce übergießen. Die Sonnenblumenkerne darüber streuen. Das Gratin im Backofen (Mitte) in 30 Minuten goldbraun überbacken.

Kräuter

Kräuter sind immer basenbildend – und nicht nur das: Sie sind sehr reich an Vitaminen und Mineralstoffen. Sie haben eine therapeutische Wirkung, wenn sie in größeren Mengen verwendet werden. Rucola enthält wie Kresse reichlich Senföle, die verdauungsanregend und entzündungshemmend wirken.

Pro Portion:
407 Kcal
11 g EW • 19 g F
51 g KH

power

Zucchini auf Tomaten-Amaranth

Zucchini und Tomatensaft für die Balance

Den Amaranth in einem Topf mit dem Tomatensaft, etwas Salz, Pfeffer und Thymian zum Kochen bringen. Alles bei schwacher Hitze in 15 Minuten garen. Inzwischen die Zucchini waschen, putzen, und mit dem Messer dünn und fächerförmig einschneiden und dann vorsichtig auseinander ziehen.
Den Backofen auf 200° vorheizen. Eine kleine, flache Gratinform für 1 l Inhalt mit Öl einfetten.
Den Amaranth mit dem Olivenöl verrühren, in die Form geben und mit einem Löffel glattstreichen.
Die Zucchinifächer darauf legen.
Die Haselnüsse mit dem Parmesan vermischen und die Mischung über die Zucchinifächer streuen. Den Auflauf im Backofen (Mitte) in 20 Minuten goldbraun überbacken.

Zutaten für 2 Personen:
150 g Amaranth
300 ml Tomatensaft
Salz
weißer Pfeffer
1/2 TL Thymian
500 g kleine Zucchini
1–2 EL Olivenöl
3 EL geriebene Haselnüsse
3 EL geriebener Parmesan
Öl für die Form

power

Pro Portion: 584 Kcal • 22 g EW • 31 g F • 58 g KH

Zwetschgenknödel

mit Zimt und Haselnüssen

Zutaten für 2 Personen:
500 g mehligkochende Kartoffeln
Salz
3 EL Mehl
2–3 EL Kartoffelstärke
400 g Zwetschgen
1 TL Zimtpulver
2 EL gehackte Haselnüsse
4 EL Agavensirup
2 EL Butter

Die Kartoffeln waschen, in 20–30 Minuten dämpfen, noch heiß pellen und durch die Kartoffelpresse drücken. Mit 1 Prise Salz und Mehl behutsam vermischen und so viel Stärke unterarbeiten, daß eine formbare Masse entsteht. Die Zwetschgen waschen. Davon 12 schöne heraussuchen und abtrocknen. Den Teig in 12 Portionen teilen und je 1 Pflaume in den Teig drücken und behutsam rollen.

Die restlichen Zwetschgen halbieren, entkernen und mit der Hälfte des Zimtpulvers und 2 Esslöffeln Wasser dünsten. Das Kompott mit 2 Esslöffeln Agavensirup verrühren und kalt stellen.

In einem Topf reichlich Wasser mit Salz zum Kochen bringen. Die Knödel einlegen und bei geöffnetem Topf 10 Minuten ziehen lassen, bis sie an der Oberfläche schwimmen. Mit einem Schaumlöffel herausheben und abtropfen lassen.

In einer Pfanne die Butter erhitzen und die Nüsse darin rösten. Die Zwetschgenknödel und das restliche Zimtpulver darin schwenken, mit dem restlichen Sirup überträufeln und mit dem Kompott servieren.

power

Pro Portion: 538 Kcal • 8 g EW • 14 g F • 94 g KH

Johannisbeer-Sorbet

erfrischend und leicht

Zutaten für 2 Personen:
250 g rote Johannisbeeren
100 ml Agavendicksaft
1 Prise Zimtpulver
Mineralwasser

Die Johannisbeeren waschen, verlesen, von den Stielen streifen und gut abtropfen lassen. Die Beeren mit dem Pürierstab pürieren und dann durch ein Sieb streichen. Den Agavendicksaft unterziehen. Die Mischung ins Tiefkühlfach geben, dabei alle 30 Minuten mit einem Löffel durchrühren, bis die Masse gefroren ist.

Etwa 30 Minuten vor dem Servieren in den Kühlschrank stellen. Das Sorbet noch einmal durchrühren, in zwei Gläser geben und mit Mineralwasser auffüllen.

* **Fruchtige Süßspeisen**

Sie sind Basenbildner, wenn sie nicht gleichzeitig viel Milchprodukte, Ei, Weißmehl, Gelatine oder Zucker enthalten. Ersetzen Sie Gelatine durch Agar-Agar, Mehl durch Stärke oder Pfeilwurzmehl, Schokolade durch Kakaopulver, Zucker durch Honig, Ahornsirup, Trockenfrüchte oder Dicksäfte. Newcomer ist der helle Agavendicksaft, der relativ neutral schmeckt, sich gut löst und preislich erschwinglich ist.

PRO PORTION:
216 Kcal
1 g EW • 1 g F
51 g KH

power

Schokoladen-pudding

mit getrockneten Datteln gesüßt

Zutaten für 2 Personen: • 8 getrocknete Datteln • 1/2 l frische Vollmilch • 5 EL Kakaopulver • 30 g Speisestärke

Die Datteln waschen, von der Haut und den Kernen befreien und fein pürieren. Dabei nach und nach die Milch und das Kakaopulver hinzufügen. Unter Rühren zum Kochen bringen. Die Stärke mit 2 Esslöffeln Wasser anrühren, unter den Kakao rühren und bei schwacher Hitze 1 Minute kochen lassen. In Dessertschalen füllen und kalt stellen.

power

PRO PORTION: 314 Kcal • 12 g EW • 10 g F • 43 g KH

Tropen-Jelly

mit Ananas und Limettensaft

Zutaten für 2 Personen: • 1 kleine Ananas • 3 Orangen • 1 Limette • 10 g Agar-Agar • 2–3 EL Honig

Die Ananas schälen und in Scheiben schneiden. Die holzige Mitte herausschneiden und die Scheiben in Stückchen teilen. 2 Orangen schälen und filetieren, dabei den abtropfenden Saft auffangen. Die restliche Orange und die Limette auspressen. Den Saft mit Wasser auf 1/4 l auffüllen. 2–3 Esslöffel abnehmen und das Agar-Agar darin anrühren. Den übrigen Saft aufkochen, das Agar-Agar einrühren und 1–2 Minuten kochen lassen. Mit Honig und Früchten mischen, mindestens 4 Stunden kalt stellen.

power

PRO PORTION: 162 Kcal • 1 g EW • 1 g F • 38 g KH

Halbgefrorener Flammerie

mit Beeren-Bananenmark servieren

Den Jogurt mit Vanillepulver, Honig und Zitronenschale cremig rühren. Das Agar-Agar untermischen, 15 Minuten quellen lassen. Dann in einem kleinen Topf 2–3 Minuten köcheln, anschließend abkühlen lassen. Wenn die Creme an den Rändern zu gelieren beginnt, das Eigelb unterschlagen. Die Sahne steif schlagen und unterziehen.

Eine kleine Form mit Alufolie auslegen, glänzende Seite nach oben. Die Folie einölen. Die Masse einfüllen und mindestens 6 Stunden ins Gefrierfach stellen.

Vor dem Servieren den Flammerie vorsichtig stürzen, die Folie langsam abziehen und den Flammerie 30 Minuten stehen lassen.

Inzwischen die Zitrone auspressen. Die Banane schälen, in Stücke schneiden und mit dem Zitronensaft und dem Honig pürieren. Das Bananenmark unter die Beeren ziehen. Den Flammerie mit dem Beeren-Bananenmark servieren.

Zutaten für 2 Personen:

Für den Flammerie:

150 g Jogurt
1/2 TL Vanillepulver
40 g Kleehonig
1 TL geriebene Zitronenschale
1 TL Agar-Agar
1 Eigelb
100 g Sahne
Öl für die Form

Für die Sauce:

1 Zitrone
1 Banane
2–3 EL Honig
200 g Himbeeren

power

Pro Portion: 493 Kcal • 7 g EW • 23 g F • 67 g KH

Register

Säure-Basen-Balance

Abkürzungen

TL = Teelöffel
EL = Esslöffel
kcal = Kilokalorien
EW = Eiweiß
F = Fett
KH = Kohlenhydrate

Impressum

Genehmigte Lizenzausgabe für Gondrom Verlag GmbH, Bindlach 2004

Redaktion: Ina Schröter
Covergestaltung: Monika Hagen
Umschlagfoto: Getty Images, München
Fotos: FoodPhotography Eising, München
Fotografische Gestaltung: Martina Görlach
Foodstyling: Monika Schuster

Ein Dankeschön für die Unterstützung bei der Fotoproduktion:
ASA (Höhr-Grenzhausen),
Boss elitaire (Balingen),
LSA (London),
WMF (Geislingen/Steige)

001

ISBN 3-8112-2282-1

5 4 3 2 1